KB122535

월든에서 보낸 눈부신 순간들

그래픽노블로 만나는

월든에서 보낸 눈부신 순간들

헨리 데이비드 소로 원작

존 포슬리노 엮고 그림 — 강나은 옮김

RHK
알에이치코리아

천국은 머리 위에만 있는 것이 아니라,
우리의 발밑에도 있다.

차례

데이비드 헨리 소로 David Henry Thoreau 는 20세에 하버드 대학교를 졸업한 후 매사추세츠주 콩코드의 집으로 돌아왔다. 대학을 갓 졸업한 많은 젊은이들이 그랬듯, 그 역시 스스로에게 물었다. 앞으로 어떤 삶을 살아갈 것인가?

목사, 변호사, 의사, 사업가가 되는 것을 생각해 보기도 하다가, 결국 공립 학교에서 교사로 일하기를 택했다. 하지만 그 직업에 오래 임하지 않았다. 학생들을 때리라는 지시를 받자 학교를 그만둔 것이다. 콩코드 사람들은 체벌에 반대한다는 이유 하나로 좋은 직업을 내팽개친 소로가 정신이 나갔다고 생각했다. 당시 학생이 교

사에게 맞는 것은 당연한 일이었기 때문이다. 이후 그가 스스로의 이름을 헨리 데이비드 소로 Henry David Thoreau 로 바꾸었을 때 콩코드 주민들은 좀 이상한 사람인 것 같다는 자신들의 추측이 옳았다고 확신했다. 세례명으로 받은 이름을 자기 마음대로 바꿔 버리는 사람이 어디 있단 말인가 하며 고개를 절레절레 저었다. 하지만 소로 자신은 '헨리 데이비드'가 '데이비드 헨리'보다 더 듣기 좋다고 생각했다. 또한 가족들이 늘 자신을 부르던 이름이 헨리이기도 했다.

다음 직장은 아버지의 연필 공장이었다. 그곳에서 소로는 더 좋은 연필을 개발했다. 시중의 것보다 심이 더 단단하고 진한 그 연필은 최고급 독일산 못지않게 질이 좋았다. 덕분에 작은 규모였던 공장이 커지게 되었지만, 소로는 사업을 하는 것이 행복하지 않았다. 그래서 그 일도 그만두고, 자신의 길을 찾아보기로 했다.

당시 소로의 좋은 친구이자 스승이었던 랠프 월도 에머슨Ralph Waldo Emerson 이 작가이자 연설가로서 빠르게 명성을 얻어 가고 있었는데, 소로는 그를 닮고 싶었다. 그래서 1837년 10월 22일을 시작으로 소로는 매일 일기를 쓰기 시작했다.

글을 쓰며 산다는 것은 쉽게 이룰 수 없는 일이었다. 그는 부모님의 집에서 살고 있었는데, 그 집은 하숙인들과 친척 방문객들로 시끄러웠다. 하지만 독립해서 살려면 비용이 들 터였다. 그 비용을 마련하려면 직업을 가져야 하는데, 그러면 글을 쓸 시간이 없어질 터였다. 삶이 견디기 힘들 만큼 처량하게 느껴질 무렵, 형이 큰 병에 걸렸다. 마지막까지 형을 돌보았던 소로는 그가 세상을 떠나자 몹시 상심했다. 몇 달 동안이나 말수 없이 우울한 채로 지냈고, 형이 앓았던 증상이 그에게 나타나기까지 했다. 마침내 회복했을 때, 소로는 글쓰기에 본격적으로 임하여 삶에서 무언가를 이루어 내겠다는 굳은 결심에 찼다.

그로부터 3년이 지났을 때, 모든 것이 그를 원하던 길로 이끌었다. 마을에서 1마일 정도 떨어진 월든 호수 옆 삼림지를 에머슨이 사들였다. 소로는 자신이 그 땅에 작은 오두막집을 짓고서 전업으로 글을 쓰며 살겠다고 제안했다. 그는 밭을 일구어 직접 먹을거리를 재배했고, 그중 콩과 감자 따위를 판 돈으로 쌀, 당밀, 밀가루 등의 필요한 것을 샀다. 이것은 살아가는 방식에 대한 실험이었다.

최대한 간소한 삶을 살아가니 많은 돈을 벌 필요가 없었다. 총 길이가 7마일인 이랑을 곡괭이로 파며 콩을 재배하는 시간을 제외하면 모든 시간을 공부와 글쓰기에 썼다. 무엇보다도 자연에 둘러싸인 채, 그 자연과 조화를 이루면서 살았다.

소로는 월든 호수에서 몸을 씻었다. 그가 사는 오두막집의 열린 창문으로 새들이 드나들었다. 밤이면 쏙독새와 부엉이 울음소리를 자장가 삼아 잠이 들었다. 여름에는 집 밖에서 식사를 준비했다. 숲에 앉아서, 또는 호수 위에 둥둥 떠서 자연의 소리를 들으며 하루하루를 보냈다. 이런 방식으로 살기를 시도한 사람들이 또 있기는 했으나, 이것을 실험으로 여기고 모든 부분을 기록하기는 소로가 처음이었다.

그렇다고 해서 소로가 은둔자인 것은 아니었다. 그는 자주 마을에 가서 가족과 친구를 만났고, 잡다한 일을 했고, 일하는 이웃들을 관찰했다. 어느 날은 마을에 갔다가 인두세를 내지 않는다는 이유로 체포되어 감옥에 갇히는 일이 있었다. 노예 해방론자로서 멕시코 전쟁에 반대했던 그는 세금을 통해 정부를 지원하는 것을 거부했기에, 인두세를 내기보다는 순순히 체포되는 쪽을 택했다. 감옥에서는 하루밖에 지내지 않았으나(누군가가 그의 세금을 대신 내어 해결해 주었다), 그 시간을 통해 그는 개인이 국가에 지는 의무에 관해 집중적으로 생각하게 되었다. 국민은 정의롭지 못한 정부라 해도 지지해야 하는가? 정부를 지지하지 않기로 한다면, 어떤 방식으로 저항하는 것이 옳은가? 소로의 결론은 정의롭지 않은 법에는 평화롭게 불복종해야 한다는 것, 즉 법이나 정부의 변화를 촉구하기 위해 감옥에 갈 수도 있고, 그렇게 할 필요도 있다는 것이었다. 정부가 노예 제도나 부당한 전쟁과 같은 악의 편에 선다면 평화롭게 저항하며 정부를 지지하지 않는 것이 시민의 의무라고 생각했다. 감옥에서 보낸 하룻밤이 계기가 되어, 그는 「시민 불복종 Civil Disobedience」을 썼다.

콩코드의 많은 사람들이 소로의 사상과 행동을 이상하게 여긴 것은 당연했다. 그들은 그가 왜 높은 학력을 낭비하며 숲속에서 지내는지 이해하지 못했다. 그는 도대체 하루 종일 무엇을 할까? 어떻게 그토록 적은 자원만으로 살아갈 수 있을까? 편리한 도구들을 되도록 멀리하며 살아가려는 이유는 무엇일까? 무엇을 먹고 살까? 왜 마을에서 멀리 떨어져 살까? 채소와 곡식만 먹으며 사는데도 어째서 몸이 튼튼할까? 외롭지는 않을까?

이 실험이 끝난 후, 소로는 콩코드 문화회관에서 가진 여러 차례의 강의에서 이 모든 질문에 설득력 있게 대답했으며 이렇게 말했다.

"우리 삶에서 가장 필요한 것들만을 남긴다면, 단순한 방식으로 자연과 조화를 이루어서 살아간다면, 열정에 따라 삶의 방향을 정한다면, 우리는 보통의 경우에는 기대하지 못하는 성공을 얻을 수 있습니다."

소로가 1845년 7월부터 1847년 9월까지 숲속에서 생활한 기록은 훗날 『월든 Walden』으로 출간된다. 이는 미국 문학사에서 가장 훌륭한 작품 중 하나로 여겨졌으며, 여러 언어로 번역되어 세계 곳곳에서 읽혔다. 또한 국가가 모두의 건강과 행복을 위하여 국립공원을 조성하고 생태계 보호 구역을 지정하게 된 데에도 기여했다. 이 시기의 경험에서 탄생한 소로의 에세이, 「시민 불복종」 역시 영국의 인도 지배 타도와 미국의 민권 운동에 영향을 미쳤다.

이 책에는 신선한 미니 만화 시리즈로 동시대 만화가들에게 큰 영향을 끼쳤던 존 포슬리노가 포착한 『월든』의 정수가 담겨 있다. 소로의 문장들이 다 담겨 있지 않다는 점을 아쉬워할 독자도 있겠지만 나는 그 점이 아쉽지 않다. 소로는 오늘날 가장 많이 인용되는 작가 중 한 명으로, 그의 문장들은 다른 책에서도 많이 발견할 수 있다. 하지만 이 책이 특별한 것은 소로가 월든 호수에서 겪은 무수한 무언의 순간들이 담겨 있기 때문이다. 존 포슬리노는 그 말없는 사색의 순간들을, 햇살 좋은 문간이나 숲속에 앉아 시간의 흐름을 만끽하는 소로를 충실하게 재현했다. 어쩌면 아무 일도 일어나지 않는 것처럼 보일 수도 있다. 그렇다면 아래의 글과 같은 소로의 경험을 독자도 하게 되는 셈이다.

"그 계절들에 나는 밤사이 자라는 옥수수처럼 쑥쑥 성장했다. 이런 시간들 속에서 애써 무언가를 하여 얻을 수 있는 것보다 훨씬 많은 것을 얻었다. 내 시간의 일부를 떼어 쓴 것이 아니라, 그것을 훌쩍 넘어서는 시간이 내게 주어진 것이었다."

『헨리는 피치버그까지 걸어가요 Henry Hikes to Fitchburg』 저자
D.B. 존슨 D.B. Johnson

프롤로그

1845년, 매사추세츠주 콩코드

콩코드까지 1마일

사람들은 조용한
절망 속에서 살아간다.

나는 우리 마을 젊은이들의 불운은 농장과
집, 헛간, 목장, 농기구를 물려받는 것이라고 생각한다.

이런 것들은 한번
얻게 되면 버리기가
어렵기 때문이다.

왜 사람들은 태어나자마자 자신의 무덤을 파기 시작하는 걸까?

많은 사람들이 얼마나 초라하고 누추한 인생을 살아가는가.

언제나
아등바등하며…

사업을 시작하려 애쓰고, 빚을 갚으려 애쓰고…

몸이 아프도록 일하고,
훗날 병들 것에 대비하여
돈을 모으고…

다들 그렇게 살아갈 수밖에 없다고 믿지만

그것은 착각이다.

문명 한가운데에서 원시적이고 선구적인 삶을 살아감으로써

삶에서 꼭 필요한 것들과 그것을 얻기 위한
방법을 배울 수 있다면 좋을 것이다.

우리는 항상 더 많이 얻기 위해 노력해야 할까?

적게 가지고도
만족할 수는 없을까?

내 이웃들이 올바르다고 믿는 것이
내 영혼의 기준으로 보면 그르기에…

그와 같은 올바른 행동을
한 날들이 후회스럽다.

내 마음속 강렬한 목소리가
나를 이끈다.

이 모든 것에서 멀리멀리….

1장

1846년, 월든 호수

나는 숲속에서…

혼자 살았다.

매사추세츠주 콩코드의 인가에서 1마일 정도 떨어진…

월든 호수 가장자리에 손수 지은 집에서.

살아가는 데 필요한 모든 것을 내 손으로 일구었다.

철학자가 된다는 것은 단지 사상을 품거나 학파를 세우는 일이
아니다. 이는 지혜를 너무나 사랑하여 그에 따라서 살아가는
것을 뜻한다.

단순하고, 독립적이고, 담대하고, 믿음이 있는 삶을.

또한 삶의 문제들을 푸는 것이다. 이론적으로만이 아니라…

실제 삶 속에서.

내가 월든 호수로 온 목적은 구두쇠로 살고자 하는 것도,
많은 비용을 쓰며 살고자 하는 것도 아니다.
장애물이 적은 환경에서 독자적인 경제 활동을 하여…

삶을 정직하게 꾸리면서 목표로 나아갈 수 있는 자유를
확보하려는 것이다.

나는 오래전 사냥개 한 마리, 밤색 털의 말 한 필,
멧비둘기 한 마리를 잃었고…

여전히 그들의 발자국을 찾고 있다.

뽀드득!

당신의 삶이 아무리 초라해도, 그 삶을 마주하고 살아 보라.

단순하고 현명하게 살아간다면 세상에서 자기 삶을
건사하는 일은 고난이 아니라 즐거움이라는 것을,
나는 신념과 경험을 통해 확신하게 됐다.

이 세상에는 서로 다른 수많은 사람이 살지만,
한 사람 한 사람 모두가 주의 깊게
자신의 길을 찾았으면 좋겠다.

주변 사람들과 발걸음을 맞추지 않는 이가 있다면,
그의 귓가에는 다른 박자가 들리기 때문일지도 모른다…

그가 자신에게 들리는 음악에 맞춰 발 디디도록 내버려 두라…

그 박자가 어떻건, 얼마나 멀리서 들려오건.

2장

쏙독- 　　　　　　　　　　　　　　　　쏙독-

숲에서 살아 좋은 점 중 하나는
봄이 오는 광경을 볼 시간과 기회가 있다는 것이다.

쏙독-

아침마다 나는 자연과 같이 단순하고 순수한 삶 속으로
초대받는다.

흔들리는 오리나무와 미루나무 잎사귀에 마음을 기울이면
숨이 멎을 듯 황홀하다.

노 저어 다녀 보니, 월든 호수는 높고 울창한 소나무와
떡갈나무에 완전히 둘러싸여 있었고…

몇몇 호숫가는 나무들 위에 포도 덩굴이 드리워서

배를 타고 그 그늘 속을 지나갈 수 있었다.

호숫가는 가팔랐고 그 위의 나무도 매우 높아…

마치 자연이라는 아름다운 풍경을 구경하기 위한
원형 경기장 같았다.

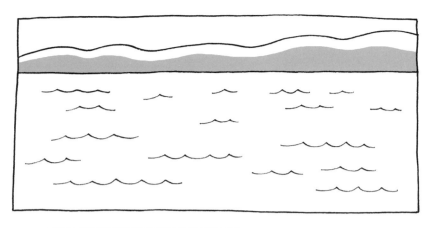

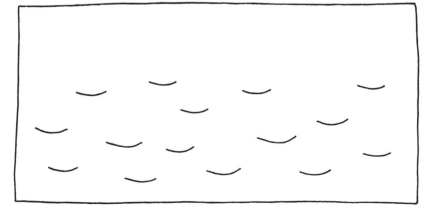

호수는 그 풍경에서 가장 아름다운 부분이다.

호수라는 대지의 눈을 들여다보며

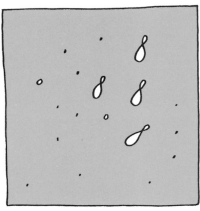

우리는 자기 마음의 깊이를 가늠하게 된다.

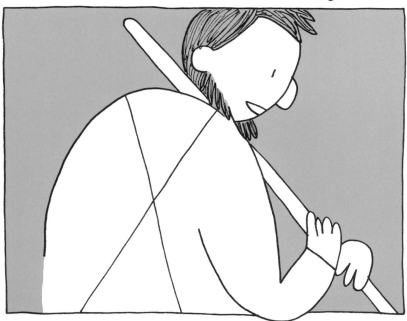

나는 1만 제곱미터 정도의 모래 섞인 부드러운 땅에
농사를 지었다. 주로 콩을 심었지만 감자, 옥수수,
순무도 조금은 심었다.

나는 나의 밭을, 나의 콩들을 사랑하게 되었다.

나는 그것들을 아끼고…

아침에도 저녁에도 괭이질하고…

주의 깊게 살핀다!

밭일을 하다 정오가 되면, 샘 근처의 그늘에서 한두 시간 쉬며
점심을 먹고 책을 조금 읽었다. 샘물은 내 밭에서 반 마일
정도 떨어진 브리스터 언덕 아래에서 솟아올랐고, 그 물이
근처의 늪과 개울로 흘렀다.

샘터로 가려면 무성한 풀과 어린 리기다소나무로 빽빽한
골짜기를 따라 내려가, 늪 근처의 좀 더 큰 숲으로 들어가야
했다. 그 숲의 매우 외진 곳, 뻗어 오른 스트로브잣나무
아래에 앉기 좋은 단단한 풀밭이 있었다.

숲속의 좋은 위치에 오래 앉아 있기만 하면, 그 숲에 사는
동물들이 모습을 드러낸다.

말하자면 나는 나의 해와 달과 별, 나의 작은 세상을
독차지한 셈이다.

내가 가장 좋아했던 시간 중 하나는, 봄이나 가을에
긴 폭풍우가 이어질 때였다.

해가 이르게 지고 나면 찾아오는 긴 밤에
많은 생각이 뿌리를 내리고 뻗어 갔다.

콰광!

"천둥이 친다 한들 어떠리…

비구름을 지붕 삼아 보자…."

부드러운 빗속에서 그러한 생각들이 자라날 때 갑자기,
자연의 상냥하고도 친절한 우정을 깨닫게 되었다.

빗방울의 리듬에, 집 주변에서 들리고 보이는 모든 것에…

나를 살아가게 하는 공기처럼 무한하고도
설명할 수 없는 다정함이 있었다.

솔잎 하나하나가 공명하며 자라고 부풀어 올랐고…

나와 친구가 되어 주었다.

 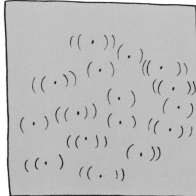

잔잔한 비가 한 번 내리기만 해도 잎의 초록은 훨씬 짙어진다.

우리 마음에도 좋은 생각들이
밀려오기 쉬워진다.

모두가 나들이하느라 분주한 4월 초가 되면 외딴곳에 사는
나에게도 손님들이 찾아왔다.

아이들과 젊은 여성들은 숲에서 보내는 시간을 좋아하는 것
같았다.

호수도 구경하고 꽃도 보면서 그 시간을 즐겁게 보냈다.

하지만 사업가나 농부들은 나의 외로움이나 직장에 관해,

그리고 내가 너무 동떨어져 사는 것에 관해서만 생각했다.

의사와 법조인들도 왔고…

쯧!

불만스러운 가정주부도 왔고…

신에 관한 이야기를 혼자서만 떠들고 싶어 하는 목사도 찾아왔다.

그리고 더는 젊은이답지 않은 젊은이들도 만났다.

그들은 이미 닦인 길을 가는 것이 가장 안전하다고 믿었다.

위험을 지나치게 두려워하며.

좋은 손님들도 있었지만

별난 손님들도 있었다.

내가 지닌 가장 뛰어난 기술은 원하되 적게 원하는 것이다.

나는 사랑이나 돈이나 명성보다는

진실을 원한다.

진정한 부를 즐길 수 있는 빈곤함을 원한다.

저녁 기차가 지나가고 나서 7시 반쯤이 되면 쏙독새들이
반 시간 동안 저녁 기도를 지저귀었다.

문 앞 그루터기나 마룻대에 앉아서.

나는 고맙게도 쏙독새들의 습관을 알게 되었다.

밤새도록 노래하다 쉬고,
또 노래하다 쉰다는 것을.

동트기 직전부터 해가 뜰 때도
또 한 번 실력을 발휘하곤 했다.

부엉이도 내게 노래를
불러 주었다.

부엉– 부엉–
부엉–

나는 세상에 부엉이가 있는 것이 참 좋다.

부엉–
부엉–
부엉–

옮긴이 강나은

영미권의 좋은 책을 직접 찾아내는 일에도 열의를 품은 번역가. 셀 수 없이 다양한 정답들
가운데 또 하나의 고유한 이야기를 언제나 기쁘게 전달할 수 있기를 바란다. 옮긴 책으로
『스타피시』, 『호랑이를 덫에 가두면』, 『소녀는 어떻게 어른이 되는가』, 『소리 높여 챌린지』
등이 있고, 한국 다큐멘터리 영화 「간지들의 하루」, 「잔인한 나의, 홈」의 자막을 영어로 옮
겼다.

월든에서 보낸 눈부신 순간들

1판 1쇄 인쇄 2022년 9월 30일
1판 1쇄 발행 2022년 10월 19일

원작 헨리 데이비드 소로
엮고 그린이 존 포슬리노
옮긴이 강나은

발행인 양원석 편집장 차선화 책임편집 김하영
디자인 구혜민, 김미선 영업마케팅 윤우성, 박소정, 정다은, 백승원
해외저작권 임이안

펴낸 곳 ㈜알에이치코리아
주소 서울시 금천구 가산디지털2로 53, 20층 (가산동, 한라시그마밸리)
편집문의 02-6443-8893   도서문의 02-6443-8800
홈페이지 http://rhk.co.kr
등록 2004년 1월 15일 제2-3726호

ISBN 978-89-255-7742-5 (03840)

3장

철학자의 삶의 방식은 겉으로 보기에는 단순하지만 실제로는
복잡하다.

우리는 무엇과 가장 가까이
살기를 원하는가?

그것은 바로
영원한 삶의 원천.

즐거움을 찾으려면 바깥의 모임이나 극장으로 가야 하는
사람들과 달리, 내 삶의 방식에는 장점이 있었다.

내 삶 자체가 즐거움이 되었고, 언제나 새롭다는 점이었다.

나는 하루 중 가장 귀한 오전 시간을 종종 훔쳐 썼다. 돈은 많지
않아도 햇살 아래의 시간과 여름날을 잔뜩 지닌 부자였고…

그 시간들을 마음껏 썼다.

나는 원래부터 은둔자가 아니다.

대부분의 사람 못지않게
이 사회를 사랑한다.

느릅나무와 플라타너스 숲 아래에 사람들이 바삐 살아가는
마을이 있었다.

나는 자주 그곳에 가서 그 사람들의 습관을 관찰했다.

앗!

나는 6년 동안 인두세를 내지 않았다.

어느 날 오후, 나는 수선공에게 맡긴 신발을 받으러 가는 길에
체포되어 감옥에 갇혔다.

주 상원 의사당 입구에서 남자와 여자, 아이들을 가축처럼
사고파는 국가의 권위를 인정할 수 없어, 세금을 내지 않았기
때문이다.

감옥에서 보낸 밤은 신기하고 흥미로웠다.

내가 들어갔을 때 셔츠 차림의 재소자들은 저녁 공기와
대화를 즐기고 있었지만

간수가 이렇게 말했다. "자, 들어갈 시간이오."

간수는 나와 같은 감방을 쓰게 된
재소자를 "아주 훌륭하고 똑똑한
사람"이라고 소개했다.

철컹-

감방 문이 잠기자, 그는 모자 거는 곳을 알려 주었다.

그곳에 오래 머물면,
창밖 내다보기가 주된 일이
될 듯했다.

한참 후 그는 어느 침대가
내 것인지를 알려 주었고

촛불을 불어 끄는 일을
내게 맡겼다.

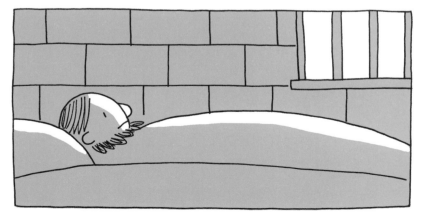

나는 누군가에게 강요받기
위해 태어나지 않았다.

나는 내 식대로 살아갈 것이다.

나보다 더 고귀한 법을 따르는 사람들만이
나에게 강요할 수 있다.

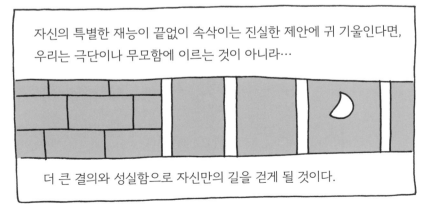

자신의 특별한 재능이 끝없이 속삭이는 진실한 제안에 귀 기울인다면,
우리는 극단이나 무모함에 이르는 것이 아니라…

더 큰 결의와 성실함으로 자신만의 길을 걷게 될 것이다.

자기 안의 재능을 따라가는 길은 언제나 옳은 길이 된다.

결코 실패하지 않는 투자는 선함뿐이다.

누군가가 세금을 대신 내 준 덕분에 아침에 교도소에서 나왔을 때,
나라는 사람은 대체로 전과 같았지만 시야에 변화가 생겼고,
그로 인해 내가 사는 국가를 좀 더 또렷하게 볼 수 있었다.

나는 더불어 살아가는 이들을 좋은 이웃과 친구로서
얼마만큼 신뢰할 수 있는지를 깨달았다.

그들의 우정은 여름 동안뿐이었다.

그들은 스스로의 영혼을 구하고 싶어 한다.
외적인 규칙 준수와 몇 번의 기도를 함으로써,
올곧지만 쓸모없는 길을 이따금 걸음으로써.

그들은 진실이 거짓보다 얼마나 더 강한지를 알지 못한다.

나는 마을에 온 목적대로

동네수 빌소

고친 신발을 신었고, 그런 다음

사람들과 함께 월귤을 따러 갔다.

반 시간 동안 2마일쯤 되는 길을 걸은 뒤, 나는 이 고장의 가장 높은 언덕 중 하나에 펼쳐진

월귤나무 들판에 있었다.

그곳에서는 국가가 보이지 않았다.

4장

10월은 인생에서 더는 일시적인 감정에 얽매이지 않으며,
모든 경험이 지혜로 영글어 가고, 모든 뿌리와 가지와 잎사귀는
성숙함으로 빛나는 시기를 닮았다.

봄과 여름에 해 둔 일의 결과가 나타나고

인생의 열매를 거두는 때를.

나는 자연 속에서 기묘한 자유를 느끼며 돌아다닌다.

자연의 일부가 되어….

나는 외롭지 않다. 목초지의 한 송이 현삼이나 민들레, 콩잎,
수영, 말파리, 뒤영벌이 외롭지 않듯이.

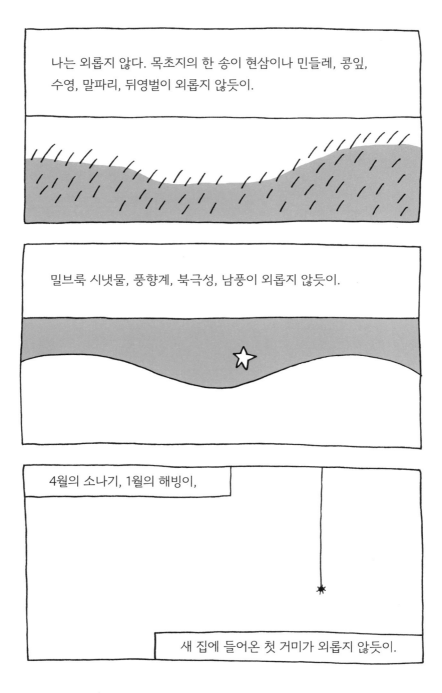

밀브룩 시냇물, 풍향계, 북극성, 남풍이 외롭지 않듯이.

4월의 소나기, 1월의 해빙이,

새 집에 들어온 첫 거미가 외롭지 않듯이.

아침은 내가 깨어나고, 내 안에 새로운 새벽이 찾아오는 시간이다.

야생 그대로의 숲과 목초지가 마을을 둘러싸고 있지 않았다면,
우리 마을의 삶에는 활기가 없었을 것이다.

우리는 모든 것을 탐색하고 배우고 싶어 하면서도 동시에 모든 것이 신비롭고 불가사의하기를 바란다.

땅과 바다가 한없이 야생의 상태이기를, 도저히 헤아릴 수 없는 것이기를, 그래서 측정되지 않은 채로 남아 있기를 바란다.

우리는 끝없이 자연을 원한다.

우리는 우리의 한계선을 넘어 버리는 무언가를, 우리는 돌아다니지 못하는 곳에서 자유롭게 풀을 뜯는 생명체를 목격해야 한다.

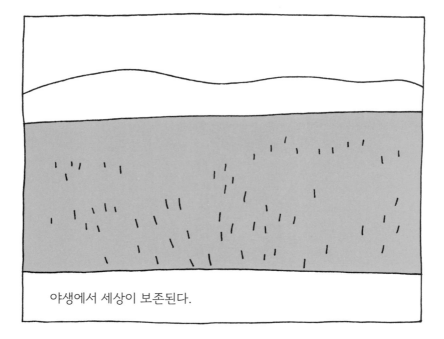

야생에서 세상이 보존된다.

나는 내가 왜 그 호수를 떠나왔는지 알지 못한다. 그곳으로 갔을 때처럼, 나는 설명할 수 없는 이유로 떠나왔다.

진실로, 나는 준비가 되었기 때문에 그곳으로 갔고,
준비가 되었기 때문에 떠나왔다.

우리는 놀랍도록 쉽게, 그리고 자기도 모르는 사이에,
특정한 길을 택하고 계속해서 그 길만을 닦는다.

세상의 잘 닦인 큰길들은 얼마나 닳고 낡았을까.
전통과 순응이 남긴 바퀴 자국은 얼마나 깊을까.

나는 내 의도대로 살고자 숲으로 갔다.
삶에서 가장 핵심적인 사실들만을 마주하고,
그것에서 배워야 할 것들을 배우고 싶어서.

죽음이 다가왔을 때,
내가 한갓되이 살았음을 깨닫지 않고 싶어서.

나는 실험을 통해 적어도 이것을 알게 되었다.
꿈을 향해서 자신 있게 나아가고,
자신이 그리는 삶을 살고자 노력하는 사람은

보통의 경우에는 기대하지 못하는 성공을 얻을 수 있다.

천국은 머리 위에만 있는 것이 아니라,
우리의 발밑에도 있다.

작가의 말

~~~~~

『월든에서 보낸 눈부신 순간들』은 『월든』과 마찬가지로, 소로가 월든 호숫가에서 살았던 날들에 대한 확실하고 연대기적인 기록이 아니다. 그 경험에 대한 소로의 감상과 그를 그 호수로 가게 했던, 또 그곳에서 머무르는 동안에 생겨난 철학을 담은 책이라 할 수 있다.

소로는 환경과 시대는 변하고 사람과 문명은 왔다 가지만 인간의 경험은 같은 성격을 유지한다고 믿었다. 소로가 살던 시대의 사람들이 고대의 그리스인과 인도인, 중세의 학자들의 사상에 따라 움직인다고 말이다. 마찬가지로 소로가 월든 호수에서 그의 유명한 실험을 마친 지 150년 이상이 지난 21세기 미국에서도 소로의 삶과 글은 변함없이 마음을 울리고 의미를 지닌다.

약간의 예외가 있지만 이 만화에 담긴 모든 글은 출판된 소로의 책에서 가져왔다(그러나 필요할 때 문장부호를 바꾸기도 하고 이야기의 흐름을 위해서 문장들을 합치거나 재배치하기도 했다). 더 많은 소로의 문장을 읽고 싶은 독자들을 위해 책 정보를 뒤에 표기했으니 참고하길 바란다.

이 책을 통해 흥미를 느낀 독자들이 이 훌륭한 사상가(이자 행동가)의 삶과 작품에 대해 탐색해 보고, 자기 삶 속에서 영감을 찾아 열정적으로 자신과 세상을 탐구하는 것이 나의 바람이다. 소로가 그러했듯이 자신감과 호기심, 확신을 가지고 삶의 나날들을 걸어가길 바란다.

콜로라도주 덴버에서
존 포슬리노

해설로
다시 만나는 소로

 **19쪽:** 헨리 데이비드 소로는 매사추세츠주의 작은 고장, 콩코드에서 1817년 7월 12일에 태어났다. 거의 평생을 그곳에서 살았고, 어린 시절부터 주변의 숲과 들판을 향해 깊은 사랑과 존중을 키우며 자랐다.

소로가 살았던 19세기 중반의 콩코드는 미국에서 진보적인 사상과 문학의 중심지였다. 친구들과 마을 사람들 사이에서 소로는 사상가이자 작가인 랠프 월도 에머슨(어린 소로에게 일종의 아버지 같은 존재였다), 시인 윌리엄 엘러리 채닝 William Ellery Channing, 『주홍 글자 The Scarlet Letter』의 작가 너새니얼 호손 Nathaniel Hawthorne, 『작은 아씨들 Little Women』의 작가 루이자 메이 올컷 Louisa May Alcott 못지않게 중요한 인물로 여겨졌다. 소로는 초월주의자라고 알려진 사상가 중 한 명이었다. 초월주의는 영국의 낭만주의, 독일의 이상주의, 인도의 힌두교를 포함한 동양 종교 속 사상들이 결합된 미국의 독특한 철학이었다. (소로는 특히 힌두교 경전 중 하나인 『바가바드기타』를 좋아했다.)

초월주의는 종교적인 도그마, 사회적 순응보다 개인의 직관이 우월함을 강조했다. 단순한 신체나 정신을 초월하는 내면의 진실이 있다고 믿었으며, 직접적이고 직관적인 이해를 통해서 모두가 그 진실에 닿을 수 있다고 여겼다.

또한 소로가 살았던 뉴잉글랜드에는 널리 퍼져 있던 실험이 있었다. 예술과 정신에 관한 유토피아적 집단의 일원들이 초월주의적인 삶의 방식을 좀 더 잘 탐색해 보기 위해 주류 사회의 바깥에서 살아가는 실험이었다. 이런 실험에서도 (그리고 그 실패에서도) 영감을 받은 소로는 1840년에 땅을 물색했다. 혼자 살아갈 수 있으면서도 마을의 삶에서 너무 떨어지지 않은, 방해물이 적은 환경 속에서 지적·문학적 열정을 추구할 수 있을 만한 장소를 말이다.

20쪽: 당시의 기록에 따르면 소로의 복장은 늘 흠집 난 장화, 밀짚모자, 코듀로이로 된 칙칙한 색의 옷으로 매우 단조로웠다고 한다. 그는 꾸밈없고 무뚝뚝한 말과 행동을 하는 것으로 알려져 있었다. 콩코드의 주류 사회에 속하는 사람들은 소로를 괴짜라 여겼다.

"새 옷을 필요로 하는 모든 사업을 경계하라."

30쪽: 1845년 봄, 소로는 콩코드에서 1마일 정도 떨어져 있으며 에머슨의 소유지였던 월든 호수 근처의 땅에 자신이 살 집을 짓기 시작했다. 소로는 1845년 7월 4일부터 그곳에 살았다.

"나의 집은 폭이 10피트, 길이가 15피트에 8피트짜리 기둥이 세워진

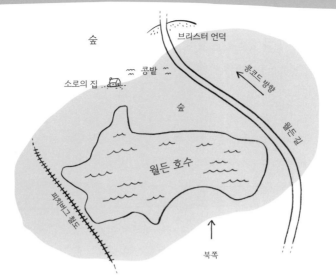

숲

브리스터 언덕

콩밭

소로의 집

콩코드 방향

숲

월든 호수

피치버그 철도

북쪽

작은 집으로, 판자 지붕과 회벽으로 이루어졌다. 다락방과 벽장이 하나씩 있고 커다란 창문이 집의 양쪽에 하나씩 있으며, 작은 보조 문 두 개가 있다. 집 한쪽에는 문이, 반대편에는 벽돌로 된 벽난로가 있다."

"가장 가까운 이웃과의 거리가 1마일 정도였으며, 내 집에서 반 마일 정도 떨어진 언덕 위에서 보는 것이 아니면 어디에서도 인가는 보이지 않았다. 나의 지평선에는 나만이 보는 숲과 먼 철로가 있었고, 철로 한쪽 끝으로는 호수가, 반대쪽 끝으로는 삼림지대를 두르는 울타리가 보였다."

"내 집은 큰 숲의 가장자리인 언덕 옆에 위치했으며, 어린 리기다소나무와 호두나무로 이루어진 숲에 둘러싸여 있었다. 월든 호수까지는 좁은 오솔길을 따라 30미터 정도 내려가면 되었다. 앞마당에는 딸기, 검은딸기, 풀솜나물, 물레나물, 미역취, 떡갈나무, 벗나무, 블루베리, 땅콩 등이 자랐다."

31쪽: "다리 세 개로 된 탁자에서는 책과 펜과 잉크를 치우지 않았다."

월든 호수 근처 소로의 집에 있던 세간은 "침대 하나, 탁자 하나, 책상 하나, 의자 셋, 직경 3인치의 거울 하나, 부젓가락 한 벌과 장작 받침쇠 하나, 주전자 하나, 냄비 하나, 프라이팬 하나, 국자 하나, 대야 하나, 나이프와 포크 두 벌, 접시 세 개, 컵 하나, 숟가락 하나, 기름병 하나, 당밀 병 하나, 옷칠한 등불 하나로 이루어져 있었다."

36쪽: "나는 오래전 사냥개 한 마리, 밤색 털의 말 한 필, 멧비둘기 한 마리를 잃었고…"

이 유명하고 시적인 문장의 의미에 관해서는 오랫동안 의견이 분분했고, 정답이 있다 할만큼 학계의 의견이 모이지는 않았다. 하지만 이 세 종류의 동물들은 소로의 개인적인 상실에 관한 비유일 것이라고 짐작된다.

38~40쪽: "어느 날 오후 나는 줄무늬올빼미 한 마리를 즐겁게 관찰했다. 환한 대낮에 백송의 나지막한 죽은 가지 위, 나무의 몸통 가까이에 앉아 있었고, 나는 5미터 정도 떨어진 거리에 서 있었다. 처음 내가 눈을 밟아 '뽀드득' 소리가 났을 때 올빼미는 시선을 주지 않았다. 그 후 내가 가장

큰 소리를 냈을 때 올빼미는 목을 빼고 목 주위의 깃털을 곤두세우고 눈을 커다랗게 떴지만, 이내 다시 눈을 감고 졸기 시작했다. 그 새를 반 시간 동안 관찰하다 보니 나도 졸음이 왔다."

50쪽: "나는 일찍 일어나서 호수에서 몸을 씻었다. 그것은 종교적인 실천이었으며 내가 행한 가장 좋은 일 가운데 하나였다."

56쪽: "나는 콩에 관해 해박해지고 말겠다는 결심에 찼다."

소로는 콩과 다른 몇몇 곡식을 심었는데, 직접 먹을 식량을 마련하기 위해서이기도 했지만, 팔아서 "정직하고도 동의할 수 있는 방법으로 10달러에서 12달러 정도의 돈을 벌기" 위해서이기도 했다. 호숫가에서 처음으로 농사를 지은 해에 관해 그는 이렇게 기록했다. "강낭콩 12부셸, 감자 18부셸을 수확했고, 약간의 완두콩과 옥수수도 수확했다(1부셸은 35리터를 말한다 – 옮긴이 주). 노란 옥수수와 순무는 수확할 수 있을 만큼 자라지 않았다." 그는 그 수확을 통해서 23달러 44센트를 벌었고 농사에 든 비용 14달러 72.5센트를 제하여 8달러 71.5센트라는 수익을 얻었다. 소로의 목표는 관습적인 일자리를 거부하는 것이 아니라 자신이 선택한 삶의 방식을 쉽게 유지할 수 있을 정도로 단순한 삶을 사는 것이었다.

"1년에 6주 정도만 일함으로써 생활에 필요한 모든 비용을 벌 수 있다는 것을 발견했다."

67쪽: 소로는 고립된 삶을 살지 않았다. 마을의 많은 이웃이 숲으로 찾아왔는데, 그의 삶이 궁금해서 찾아온 사람들도 있었고, 호수 근처에서 그와 보내는 시간을 즐기는 친구와 친구의 자녀도 있었다.

"많은 여행자들이 일부러 나와 나의 집 안을 보기 위해 찾아왔다."

71쪽: 소로가 월든 호수 근처에 살며 먹었던 음식은 매우 단순했다. "효모를 넣지 않은 호밀과 옥수수 가루(로 만든 빵), 감자, 쌀, 아주 약간의 염장 돼지고기, 당밀, 소금, 그리고 나의 음료인 물"이었다. 방문객들에 따르면 구운 생선, 옥수수, 콩을 먹었다고도 한다. 그렇기는 하나, 종종 마을을 방문한 소로는 집이나 친구들과의 자리에서 좀 더 전통적인 형태의 식사도 자주 즐겼다.

"인간은 꼭 필요해서가 아니라 즐기기 위해서, 음식을 자주 먹고 싶어 하게 되었다."

72쪽: "나의 집에 나타나는 생쥐는 평범한 외래종이 아니라 마을에서 볼 수 없는, 이곳에서 자생한 야생 쥐였다. … 내가 집을 짓고 있을 때 집터 밑에 이러한 쥐 한 마리의 보금자리가 있었고, 내가 두 번째 마루를 깔고 대

팻밥을 쑬던 시기, 이 쥐는 점심시간이면 규칙적으로 나타나 내 발 밑에 떨어진 음식 부스러기를 주워 먹었다. 아마도 사람을 처음 본 듯했고, 이내 나와 꽤 친숙해져 내 신발을 타고 옷으로 올라오곤 했다. 마치 다람쥐가 하듯 집 안의 벽을 쏜살같이 오르곤 했고, 실제로 움직임이 다람쥐 같았다. 얼마의 시간이 지나 내가 팔꿈치를 괴고 긴 의자에 앉아 있을 때 그 쥐는 소매까지 타고 올라와서는 내 점심을 감싼 종이 주변을 뱅뱅 돌았고, 나는 음식을 내 몸 쪽으로 더 붙이면서 그 쥐와 숨바꼭질을 했다. 마침내 내가 엄지와 검지 사이에 치즈 한 조각을 쥐고 가만히 있어 주자, 쥐는 내 손에 앉아서 그것을 먹었고, 다 먹은 후에는 마치 파리처럼 얼굴과 앞발을 닦은 다음에 떠났다."

84쪽: 사회의 가장자리에서 단순한 삶을 추구했으나, 소로는 마을의 삶과 연결된 채로 지냈다. 종종 콩코드로 가서 볼일을 보고 가족과 친구를 만났으며, 때때로 잡일을 했다. 소로는 사회에서 벗어나고자 한 것이 아니라 사회를 발전시키고자 했다.

"내가 사는 곳에서 550미터쯤 떨어진 지점에서 철도가 월든 호수 옆을 지난다. 나는 주로 그 철로가 놓인 둑길을 따라 마을로 간다."

85쪽: "나는 6년 동안 인두세를 내지 않았다."

인두세란 국가나 지방 정부가 국민 1인당 부과하는 고정된 금액의 세금이었다. 매해 사회 구성원들이 같은 금액의 세금을 냈다. (당시 콩코드에서 1년 치 인두세는 1달러 50센트 정도였다.)

소로는 많은 (또는 모든) 초월주의자들이 그러했듯이 노예 해방주의자였고, 미국의 노예 제도를 종결시켜야 한다고 생각했다. 그래서 매사추세츠주가 노예 제도를 지속시키는 데 일조하는 것에 대한(매사추세츠주는 노예 제도가 금지되었지만 목화에 의존하는 섬유 산업이 남부 지방 노예의 노동력을 이용하여 성장했다.) 항의의 의미로 세금 납부를 거부했다. 뿐만 아니라 텍사스를 포함해 멕시코 영토의 미국 합병지를 사이에 두고 일어난 멕시코 전쟁에 반대하는 의미도 있었다. 초월주의자들은 새롭게 합병된 영토에서 노예 제도가 허용될 것이라 우려했다.

86쪽: 1846년의 7월 하순의 어느 날 소로가 마을에서 용무를 보고 있을 때 지역 세금 징수관인 샘 스테이플스 Sam Staples가 소로를 멈추어 세우고는, 연체된 세금을 내라고 요청했다. 소로는 거부했고(샘 스테이플스가 소로의 세금을 대신 내 주겠다고 했으나 소로는 거절했다) 감옥에 가게 되었다. 그날 밤 이 일을 민망하게 여긴, 아마도 숙모인 마리아 소로 Maria Thoreau였으리라 추측되는 한 친척이 소로의 연체된 세금을 대납했고, 소로는 다음 날 아침 감옥에서 풀려났다.

94쪽: "… 나는 이 고장의 가장 높은 언덕 중 하나에 펼쳐진 월귤나무 들판에 있었다."

월든 호수에서 반 마일 정도 떨어진 곳에 위치한 페어 헤이븐 언덕을 말하는 것으로, 소로가 매우 좋아하여 자주 가던 장소였다.

101쪽: "누구나 자신이 베어 온 장작더미를 애정 어린 눈길로 바라본다."

104쪽: 나이가 들면서 소로는 점점 더 자신을 둘러싼 세계를 공부하고 기록하고 과학적으로 이해하는 일에 관심이 높아졌다. 그는 유럽의 자연주의자인 루이 아가시Louis Agassiz와 서신으로 대화를 나누었고, 콩코드 전원지역을 산책하면서 발견한 식물과 동물에 관해서 상세히 연구했다. 고결하고 철학적인 사색이 담긴 소로의 초기 문장들이 점점 더 자연사에 관한 건조하고 학문적인 글이 된다는 일부의 비판과 과학적 아마추어리즘이라는 비판도 있었다. 하지만 사실 그의 후기 저술에는 현대 생태학적 시각의 씨앗이 담겨 있으며, 「숲속 나무들의 이어짐The Succession of Forest Trees」과 같은 일부 글은 자연 체계의 이해에 중요한 기여를 했다고 인정받는다. 오늘날 많은 사람이 소로를 환경주의 운동의 선조라 여긴다.

109쪽: 1847년 늦여름에 소로의 친구 에머슨이 장기간의 유럽 순회강연을 떠나게 되었을 때, 소로는 마을에 있는 에머슨의 빈집에서 지내도 좋다는 제안을 받는다. 1847년 9월 6일, 소로는 월든 호수에 도착한 지 2년 2개월 2일 만에 호숫가 집을 떠난다. 그곳에서 사는 동안 소로는 첫 책 『콩코드 강과 메리맥 강에서의 일주일A Week on the Concord and Merrimack Rivers』의 초고와 에세이 「크타든 Ktaadn」, 「시민 정부에의 저항Resistance to Civil Government」(나중에 「시민 불복종」으로 편집된다)을 썼고, 『월든』의 초고를 썼다.

『월든』은 1854년에 출간될 당시에는 독자와 비평가의 반응을 거의 얻지 못했으나, 이후 최고의 19세기 미국 문학 중 하나로 인정받고, 문학계를 통틀어 가장 훌륭한 작품 중 하나로 여겨지게 되었다.

소로는 1862년 5월 6일에 가족들이 사는 콩코드의 집에서 세상을 떠났다. 당시 나이 만 44세였다.

참고 문헌

- Jerome Lawrence and Robert E. Lee, *The Night Thoreau Spent in Jail: A Play* (Hill and Wang, 2001).

- W. Barksdale Maynard, *Walden Pond: A History* (Oxford University Press, 2004).

- Robert D. Richardson, *Henry Thoreau: A Life of the Mind* (University of California Press, 2015).

- Henry David Thoreau, *The Essays of Henry D. Thoreau* (North Point Press, 2002).

- Henry David Thoreau, *Walden: A Fully Annotated Edition* (Yale University Press, 2004).